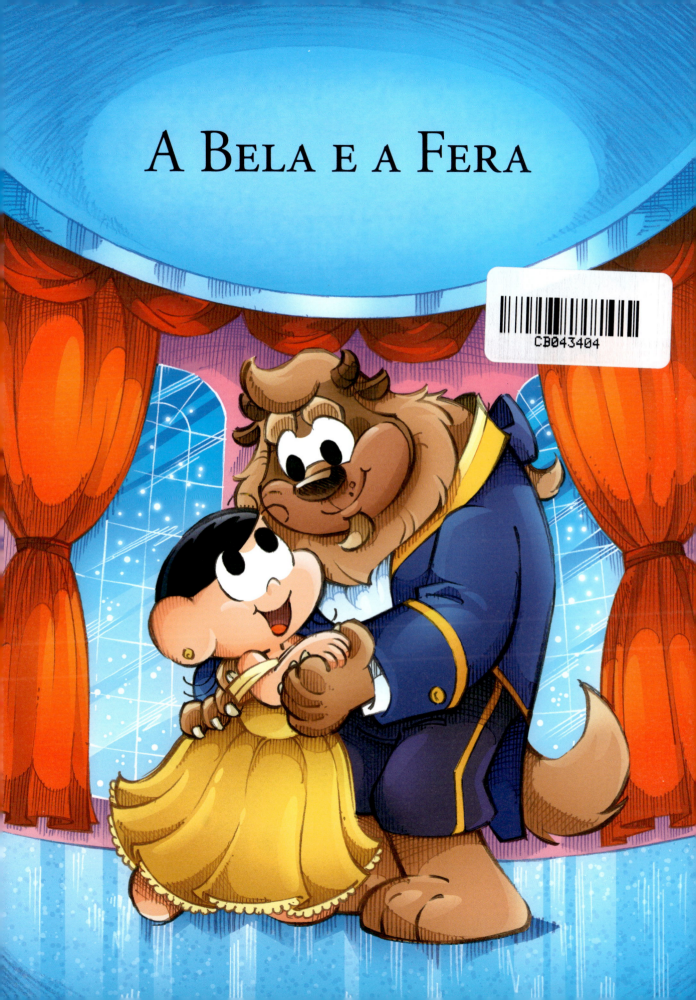

Numa aldeia distante, viviam um mercador viúvo e suas três filhas. A caçula era a mais bonita e carinhosa, e combinava com seu nome: Bela. A menina era tão apegada ao pai que, quando não estava lendo seus livros, enchia-o de mimos e cuidados.

Um dia, o mercador precisou viajar a negócios para bem longe. Quando se despedia das filhas, perguntou o que elas queriam de presente.

Enquanto as mais velhas pediram presentes caros, como vestidos e perfumes, Bela só quis uma rosa, pois não existia nenhuma na aldeia, e ela só tinha visto a flor nas ilustrações dos livros.

Depois que o pai partiu, Bela sentiu muita saudade, mas ocupou o seu tempo com o maravilhoso mundo da leitura.

Tempos depois, quando o mercador regressava para sua aldeia, caiu uma forte tempestade, que o fez procurar um abrigo para passar a noite.

Foi quando viu um castelo. Ele bateu à porta, mas ninguém respondeu. Então, o mercador entrou e, na sala de jantar, viu uma mesa arrumada para apenas uma pessoa, com comida quentinha.

O MERCADOR NÃO TEVE DÚVIDA: COMEU ATÉ FICAR SACIADO. DEPOIS, ENCONTROU UMA CAMA TODA ARRUMADA, DEITOU-SE E DORMIU PROFUNDAMENTE.

NO DIA SEGUINTE, QUASE NÃO ACREDITOU QUANDO VIU UM FARTO CAFÉ DA MANHÃ. ELE COMEU E SAIU INTRIGADO COM A HOSPITALIDADE RECEBIDA.

Ao atravessar o jardim, o homem avistou um lindo canteiro de rosas e lembrou do pedido de Bela. Ao arrancar uma, ouviu um urro terrível! Atrás dele, havia um monstro horroroso. O mercador ficou paralisado de medo.

— Então é assim que você retribui minha hospitalidade, estragando o meu jardim? Agora, terei que matá-lo.

Apavorado, o pai de Bela implorou que ao menos pudesse se despedir de suas três filhas. O monstro concordou e deu ao mercador uma semana de prazo, mas o ameaçou: caso não cumprisse o combinado, ele iria pessoalmente buscar a família inteira.

Chegando em casa, o mercador explicou a triste situação para as filhas, que choraram muito. Então, Bela falou:
— Papai, o senhor está nessa situação por minha causa. Então, nada mais justo que eu vá no seu lugar.
De nada adiantaram as súplicas do pai, pois Bela era muito decidida e nada a faria mudar de ideia.

Quando chegou ao castelo, Bela se espantou: tudo era muito iluminado e as mobílias eram luxuosas. Ela explorou o lugar e passou por diferentes aposentos. De repente, para sua surpresa, encontrou uma porta com um luminoso de letras douradas no qual estava escrito: "Canto da Bela".

Espantada, a jovem entrou e viu um quarto ricamente mobiliado, com uma vista maravilhosa para o jardim e uma saleta cheia de livros. Em meio àquela situação assustadora, Bela conseguiu sorrir, imaginando quantas histórias incríveis estariam guardadas naquelas prateleiras. Na cama, havia um bilhete informando a hora do jantar e um lindo vestido.

Pouco depois, a amedrontada Bela foi à sala de jantar. Quando viu o monstro, gritou de horror e quis correr, mas suas pernas não a obedeciam. A Fera a acalmou, dizendo:

— Desculpe se a assusto com minha aparência, mas não sou uma má pessoa e espero honestamente que, um dia, a minha companhia lhe seja agradável.

Bela, então, foi percebendo que aquele monstro era, na verdade, alguém gentil e que partilhava do mesmo amor pelos livros.

Os dois passaram muitos meses juntos, e Bela sentia cada vez mais carinho pela Fera. Eles conversavam sobre os livros, pois o monstro era muito culto e inteligente. Além disso, tinham agradáveis jantares e dançavam no luxuoso salão de baile.

Num desses jantares especiais, a Fera timidamente aproximou-se de Bela, ajoelhou-se e falou:

— Bela, eu amo você. Quer se casar comigo?

A jovem ficou surpresa, pois gostava muito dele, mas não tinha certeza se o amava. Então, respondeu:

— Esta é uma decisão muito importante, e não gostaria de tomá-la sem antes pedir conselhos ao meu pai.

A FERA TINHA MUITO MEDO DE PERDÊ-LA, MAS A AMAVA TANTO QUE CONCORDOU. SÓ FEZ BELA PROMETER QUE RETORNARIA EM UMA SEMANA COM A RESPOSTA PARA O PEDIDO DE CASAMENTO.

QUANDO O MERCADOR VIU A FILHA, MAL ACREDITOU, POIS ACHAVA QUE O MONSTRO TIVESSE DEVORADO A JOVEM! ELE ABRAÇOU BELA BEM FORTE E QUIS SABER AS NOVIDADES.

A SAUDADE ERA TANTA, QUE OS DOIS NEM PERCEBERAM O TEMPO PASSAR. ASSIM, PASSARAM-SE VÁRIAS SEMANAS.

Numa noite, Bela sonhou que o Monstro estava morrendo ao lado de sua amada roseira. Ela acordou desesperada com a possibilidade de perdê-lo, e foi assim que descobriu que realmente amava aquela Fera.

Então, Bela se despediu da família e correu para o castelo. Quando chegou, viu o Monstro como no seu sonho. Ela o abraçou e disse, chorando:

— Não morra! Eu te amo e aceito o seu pedido!

A FERA, QUE ESTAVA MORRENDO DE SAUDADES, RECOBROU SUAS FORÇAS ASSIM QUE FOI BEIJADA POR BELA.

IMEDIATAMENTE, TRANSFORMOU-SE NUM BELO PRÍNCIPE. DEPOIS, EXPLICOU PARA BELA QUE UM FEITIÇO O HAVIA TRANSFORMADO NAQUELE MONSTRO, E O ENCANTAMENTO SÓ SERIA QUEBRADO SE ALGUÉM SE APAIXONASSE DE VERDADE POR ELE.

O CASAMENTO FOI REALIZADO COM UMA LINDA FESTA, E OS DOIS VIVERAM FELIZES PARA SEMPRE.